AF250873

# LA
# GUIRLANDE DE ROSES,

## CHANSONS ET ROMANCES,

*Dédiée aux amans et aux buveurs,*

## PAR E. DESTOUCHES

### DE MONDOUBLEAU.

Paris,

CHEZ L'AUTEUR, Rue Saint-Jacques, 209,
J. HUGOULIN, Rue Saint-Landri, 6.
Et tous les Marchands de Nouveautés.

1838.

# LA GUIRLANDE DE ROSES.

**Air :** *Dé la paille*, ou *Au sein d'une fleur tour à tour.*

De Cythère le dieu malin,
Au Temps voulant faire une offrande,
Cueillait les roses d'un jardin
Pour en former une guirlande ;
Bacchus alors surprit l'Amour,
Et dit : je suis de la partie.
Tous deux réunis, tour à tour
Nous pouvons embellir la vie.

Bien insensé, dieu des amans,
Si sur toi seul tu te reposes,
Pour lier les ailes du Temps,
Avec ta guirlande de roses ;
Il faut que Bacchus et l'Amour
Tressent les fleurs de compagnie.
Tous deux réunis, tour à tour
Nous pouvons embellir la vie.

Hélas ! je sais trop aujourd'hui,
Répondit le dieu de Cythère,
Que j'ai besoin de ton appui
Pour enchaîner le Temps austère,
Fais ton offrande avec l'Amour,
A ce dieu qui nous porte envie.
Tous deux réunis, tour à tour
Nous pouvons embellir la vie.

# LA
# GUIRLANDE DE ROSES,

## CHANSONS ET ROMANCES.

Imprimerie de Hennux et Dumas
rue du Caire 25

Imprimerie de Herhan et Bmont,
rue du Caire 32

# LES VŒUX D'UN AMANT.

LES VŒUX D'UN AMANT.

Air : *Ce qui m'occupe*, musique de l'auteur ; ou air :
*Du Cimetière.*

Je voudrais une jeune amie,
Dont je connusse à fonds le cœur,
Aussi fidèle que jolie,
Dont la bonté fit mon bonheur.
De sa retraite que j'ignore,
Je l'appelle, afin de l'aimer,
Mon cœur en vain la cherche encore,
   Où la trouver ? *(bis.)*

Je voudrais qu'elle fût sincère,
Et ne m'aimant pas à demi,
Enfin qu'elle fit tout pour plaire
A son heureux et tendre ami.
De sa retraite que j'ignore,
Je l'appelle, afin de l'aimer,
Mon cœur en vain la cherche encore,
   Où la trouver ? *(bis.)*

Sexe charmant, sans vous déplaire,
Je voudrais une femme à moi !
S'il en est une sur la terre,
Qu'elle vienne agréer ma foi !
De sa retraite que j'ignore,
Je l'appelle, afin de l'aimer,
Mon cœur en vain la cherche encore,
   Où la trouver ? *(bis.)*

# LE BUVEUR.
## Chanson de table.

Air : *Ça n'se peut pas, ou Aussitôt que la lumière.*

Voyez assis sous la treille
Ce buveur frais et joyeux.
Il chante en vidant bouteille,
Tout lui rit, il est heureux.
Il se croit roi sur la terre,
Et couronné de raisin ;
Il brave encor le tonnerre ;
Son audace est dans le vin.

Bacchus, par son charme insigne,
Le rend poète et guerrier ;
Sous les feuilles de la vigne
Il voit croître le laurier :
De l'amour, dans son délire,
Bravant le pouvoir divin ;
Il ne chante sur sa lyre
Que la gloire et le bon vin !

Tout à coup l'orage gronde,
L'éclair présage la mort ;
Ce buveur qu'un Dieu seconde,
Sous la treille boit encor :
Du ciel bravant la furie,
Le tonnerre éclate en vain ;
Il ne cède qu'à la pluie
Qui met de l'eau dans son vin.

# LE TAMBOUR.

## Ronde à danser.

Air : *De Romainville*

Dansons, rions
Et folâtrons,
Qu'une fille
Est gentille ;
Heureux l'amant
Qui fait gaîment
L'amour tambour battant.

Revenant de la guerre,
Un jeune et beau tambour,
Sur un ton militaire,
Répétait tour à tour :
    Dansons, etc.

Gentille pélerine,
S'offre sur son chemin,
Pour qu'amour la lutine,
Il lui dit son refrain.
    Dansons, etc.

Adèle prend la fuite,
Mais le tambour courant,

Bat la charge de suite,
Et l'atteint en chantant.
    Dansons, etc.

A la fin cette belle
Prend plaisir à ce jeu.
Je n'ai plus peur, dit-elle,
Bats donc encore un peu.
    Dansons, etc.

Mais il bat la retraite,
Lassé de son bonheur.
D'une jeune fillette
Veut-on toucher le cœur?
    Dansons, rions
    Et folâtrons,
    Qu'une fille
    Est gentille;
    Heureux l'amant
    Qui fait gaîment
L'amour tambour battant.

# SOUVENIRS DE L'EXILÉ.

## Chanson patriotique.

Musique du poète, encore inédite, ou air : *T'en souviens-tu.*

Sur un vaisseau fendant l'humide plage,
Le fils de Mars qu'avait trahi le sort,
Partant hélas ! pour un trop long voyage,
Avait les yeux tournés vers notre bord :
Adieu, dit-il, ô ma noble patrie !
Je vais quitter ton séjour enchanteur,
Mais quoiqu'absent de ta terre chérie,
Toujours, toujours, tu garderas mon cœur.

Soudain de vue en perdant le rivage,
Pour ses enfans il tremble de frayeur ;
La foudre brille et perce le nuage,
Le bronze tonne et vomit la terreur ;
Le français dit, perdant toute espérance :
Bien inutile, héros, est ta valeur ;
Mais pour hair l'ennemi de la France,
Toujours, toujours, nous garderons ton cœur.

Enfin, lassé du poids de son tonnerre,
Sous ses lauriers, quand Mars se reposa,
Le fier proscrit, dans une île étrangère,
Sur le vaisseau sans fortune arriva.

Il n'avait plus que sa gloire immortelle ;
Mais l'amitié, compagne du malheur,
Pour adoucir sa chaîne trop cruelle,
Toujours, toujours, lui conserva son cœur.

Quand le héros eut fermé la paupière,
Dans un tombeau qu'environnait la mort,
Un rare ami prit sous sa boutonnière
Ce noble cœur qui nous anime encor.
A la patrie, à la gloire fidèle ;
Tout vrai Français esclave de l'honneur,
Vers l'ennemi si Bellone l'appelle,
Toujours, toujours, saura montrer ce cœur.

# LE COUCOU.

Paroles et musique de E. Destouches.

Se trouve chez madame Joly, arcade de l'Institut.

Un soir dans la prairie
　　Fleurie,
Un jeune pastoureau
Attendait son amie
　　Chérie,
Au bord d'un clair ruisseau.
Se mêle à son murmure
Ce chant de triste augure:
　　Coucou, coucou,
Coucou, coucou, coucou.

Perdant toute espérance
　　D'avance,
Le crédule berger
Sonpçonne l'inconstance,
　　Et pense
Qu'Estelle a pu changer;
L'oiseau sous le feuillage
Redouble son ramage:
　　Coucou, coucou,
Coucou, coucou, coucou.

Il saisit sa houlette,
          Il guette,
Près d'un épais buisson,
L'indiscret qui répète
          L'ariette,
Qui trouble sa raison ;
Et sa fureur augmente,
Quand la même voix chante :
     Coucou, coucou,
Coucou, coucou, coucou.

A travers le bocage,
          Sa rage
Poursuit le chantre odieux ;
Estelle non volage,
          Mais sage,
Se découvre à ses yeux :
« Ami, point de colère,
C'est moi qui vient de faire,
     Coucou, coucou,
Coucou, coucou, coucou.

# LA BERGERETTE.
## Chansonnette.

—

Air : *De la Paille*, ou *Au sein d'une fleur tour à tour.*

Assise au sommet d'un coteau
D'où l'on découvre une chapelle ;
Lise, la beauté du hameau,
Effeuillait une fleur nouvelle.
Hélas ! dit-elle, en la tournant
Entre ses doigts couleur de rose.
Il m'a quitté ; dès ce moment,
Ni jour, ni nuit, plus ne repose.

L'ermite du hameau voisin
Ayant entendu la fillette,
Lui dit : Lise, venez demain
Me voir seule dans ma retraite.
Du mal qui vous fait tant souffrir,
J'ai le remède salutaire ;
Dieu, ma fille, peut vous guérir,
Ayez recours à la prière.

Au point du jour, dans le lointain,
L'ermite tinta sa clochette ;
A la prière du matin
Lors se rendit la bergerette ;

Mais par un céleste pouvoir,
Son amant reçut sa visite ;
Lindor, heureux de la revoir,
Avait jeté son froc d'ermite.

Pour Dieu j'avais quitté l'Amour,
Dit-il à la jeune bergère ;
Que Dieu me pardonne à son tour,
Pour toi je le quitte, ma chère,
Puisqu'ici bas tout doit finir,
Fixons ici notre passage ;
L'amour, la paix et le plaisir
Embelliront notre ermitage.

# LA VEILLÉE

## Vaudeville

Air : *Tout ça passe en même temps.*

Quand la nuit obscurcit l'air,
Au hameau je vois nos drilles
Passer gaîment leur hiver,
Entre le vin et les filles ;
Et quand par malheur les mères
S'endorment au bruit des vents,
Les bouchons et les bergères,
Tout ça saute (*ter*) en même temps.

Avant de se mettre au lit,
A Paris, plus d'une Hélène,
Met sur sa table de nuit
Plus d'un appas qui la gêne ;
Son sein sous gaze légère ;
Son teint qu'emportent les vents ;
Et son dentier dans un verre ;
Tout ça tombe (*ter*) en même temps.

Orgon, pour ménager l'or,
A mis en danger sa vie,
Pourtant il entasse encor,
Bon Dieu, quelle maladie !
Il meurt, rien ne le regrette,
Chez ses héritiers contens,
Son argent et sa cassette,
Tout ça saute (*ter*) en même temps.

Le Français, dans les combats,
Est un lion intrépide ;
On vit nos braves soldats
Marcher sur les pas d'Alcide.
Sous les bombes, la mitraille,
Dont il abat les géans ;
Guerriers, drapeaux et muraille...
Tout ça tombe (*ter*) en même temps.

A la guinguette un badaud
Raisonnait de politique,
Taisez-vous, dit un grimaud,
Parlons plutôt de musique.
— Monsieur, je parle à merveille...
— Vous n'avez pas le bon sens ;
Et les verres, la bouteille...
Tout ça saute (*ter*) en même temps.

Lundi soir, monsieur Hardi,
Auteur d'une comédie,
Attend, pour dîner mardi,
Le suffrage de Thalie ;
Mais la pièce qu'on rejette,
L'auteur qui sort à pas lents ;
La grêle qui le fouette,
Tout ça tombe (*ter*) en même temps.

# PÉLERINAGE A SAINT-NICOLAS.

Musique du chevalier La Gouanère; chez M<sup>me</sup> Joly
éditeur, arcade de l'institut; ou air de *Marie*.

Au bois où chaque belle
Jadis portait ses pas,
Au pied de la chapelle
Du grand Saint-Nicolas,
A genoux, en silence,
Tenant panier fleuri;
Priait naguère Ermance,
Demandant un mari.

O saint ! dit la bergère
A Nicolas des bois,
Accorde à ma prière
Un époux de ton choix;
Qu'il soit plein de constance,
Et de tendresse aussi,
Tel que dès mon enfance
Je desire un mari.

C'est en vain que ma mère
Me redit chaque jour :
O fille trop légère !
N'écoute pas l'amour.

Mais l'or, ni l'opulence,
Ne m'ont jamais souri;
Et depuis mon enfance
Je desire un mari.

Il est là qui l'écoute,
Sous la voûte d'azur.
Le vœu du saint, sans doute,
Avait conduit Arthur.
Du ton naif d'Ermance
Son cœur est attendri :
Ami de son enfance,
Il devient son mari.

# LE GODDEM!

## Chanson.

Air : *Et pourtant je n'ai pas tout vu*, ou *De la pipe de tabac.*

D'un hareng j'avais la tournure,
Du temps du petit caporal,
J'étais fort maigre de figure,
Aussi je dînais assez mal.
Mais depuis que la paix en France
A signalé son doux retour,
Chaque jour s'arrondit ma panse,
Et je suis gros comme un tambour.

       Goddem !

Qui dirait qu'un pauvre squelette,
Dont le ventre était transparent,
Sans le secours d'une brouette
Ne peut se porter maintenant?
Car depuis que la paix en France
A signalé son doux retour,
Chaque jour s'arrondit ma panse,
Et je suis gros comme un tambour.

       Goddem !

Je viens d'écrire à miss Charlotte,
A mon départ pour Albion,
De faire rélargir sa porte,
Pour m'introduire en sa maison.
Car depuis que la paix en France
A signalé son doux retour,
Chaque jour s'arrondit ma panse,
Et je suis gros comme un tambour.
                Goddem !

Dans l'île étroite de Cythère,
Entrer est mon vœu le plus fort;
Mais pour aborder, comment faire ?
De l'entreprendre j'aurais tort.
Car depuis que la paix en France
A signalé son doux retour,
Chaque jour s'arrondit ma panse,
Et je suis gros comme un tambour.

                Goddem !

# LE PÊCHEUR.
## Barcarole.

Air nouveau, ou *Depuis notre naissance nos cœurs surent s'aimer*,

Dans sa barque mobile,
Sa guitare à la main,
Un pêcheur sur la Dyle
Redisait ce refrain :
J'aimerai ma bergère,
Mon luth la chantera
Tant que l'onde légère
Vers la mer coulera.
Dans sa barque mobile,
Sa guitare à la main,
Un pêcheur sur la Dyle
Redisait ce refrain.

Portant la voix plaintive,
De son luth enchanté,
Les échos de la rive
Ont au loin répété :
J'aimerai ma bergère,
Mon luth la chantera,
Tant que l'onde légère
Vers la mer coulera.
Dans sa barque mobile . *etc.*

Hélas! rien ne demeure;
Compter sur un serment,
C'est baser sa demeure
Sur le sable mouvant!!
Le temps mit tout en fuite,
L'amour et son transport;
Son cœur plus ne palpite,
Et l'onde coule encor.

# LE PROVINCIAL A PARIS.
## Vaudeville.

Air : *Ma tante Urlurette.*

Vraiment. dans c'séjour nouveau,
A mes yeux tout s'peint en beau ;
La vertu règn' sur cett' terre ;
    —Veux-tu t'taire... (*bis*)
Bavard, veux-tu t'taire ) —

Les filles de c'grand hameau,
D'amour fuyant le flambeau ;
Ne vont jamais sans leur mère..
    —Veux-tu t'taire, etc.

Les maris n'sont pas jaloux,
Les femm's fidell' aux époux,
Ne cherchent point à les faire...
    —Veux-tu t'taire, etc.

Le commerce, soi-disant,
Est on n'peut plus florissant ;
Sans banqu'route on y prospère...
    —Veux-tu t'taire, etc.

L'honnête marchand de vin
Compose son jus divin ;
Sans y mêler de l'eau claire...
    —Veux-tu t'taire, etc.

Le procureur délicat,
De la veuve est l'avocat,
Sans que l'or soit nécessaire...
   —Veux-tu t'taire, etc.

Le docteur est si savant,
Qu'il fait gagner rarement,
Le chemin du cimetière!...
   —Veux-tu t'taire, etc.

Le curé dévotement
Vous enterre sans argent,
Pour le plaisir de le faire...
   —Veux-tu t'taire, etc.

Là je finis ma chanson,
Car je craindrais qu'Apollon
Ne me dis' dans sa colère...
   —Veux-tu t'taire,   *(bis.)*
Bavard, veux-tu t'taire.

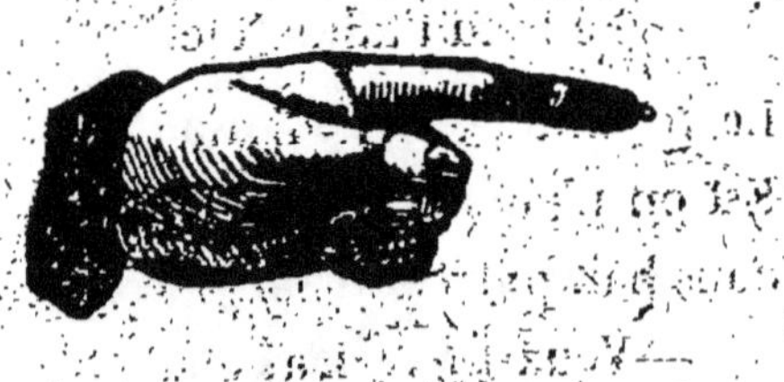